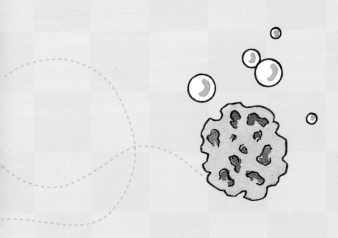

Rédacteur : Didier Dufresne
Adaptation de l'image : Jean-Claude Gibert, d'après
les personnages créés par Jean et Laurent de Brunhoff

BABAR

Au bain, les enfants !

hachette
JEUNESSE

Alexandre aime jardiner. Le voilà parti !

« J'arrose les fleurs ! Je sème des radis ! »

Mais quand il revient du jardin,
le pauvre, il s'est tout sali !

« Au bain, mon petit ! » lui dit Babar.

Vite, Alexandre file se laver.

Quand il est bien savonné, avant de se rincer,

il se met à chanter : « Il pleut, il mouille ! »

Flore adore faire la cuisine.

Elle demande à Céleste :

« Je peux faire un gâteau toute seule ? »

Mais casser des œufs n'est pas facile…

Et ça vole, la farine !

« Il faut aller prendre un bain », dit Céleste.
Flore se dépêche de se mouiller.

Elle patauge dans la mousse en chantant :
« C'est la fête à la grenouille ! »

Pom, c'est le roi de la vitesse !
Avec son vélo, il roule dans les flaques :
« Hi hi hi ! Ça éclabousse ! »
Le voilà tout barbouillé, de la trompe aux pieds !

Quand Babar le voit passer, il se met à gronder :
« Veux-tu bien aller te laver ! »
Pom n'aime pas du tout l'eau ;
il ronchonne : « Le savon, ça pique les yeux ! »

Les enfants sont enfin propres et sentent bon.

Ils enfilent chacun leur pyjama préféré.

Céleste sourit : « Que vous êtes beaux tous

les trois !

– Mais où est passée Isabelle ? s'inquiète Babar.

– Me voilà ! » crie Isabelle, toute couverte de boue.
Babar est très étonné : « Mais que t'est-il arrivé ?

– J'ai glissé dans la gadoue... » Pom tape
dans ses mains : « Allez, Isabelle... Au bain ! »

JEU Cherche… et trouve !

Regarde bien les objets de droite et retrouve-les dans l'image. Attention, il y a un intrus !

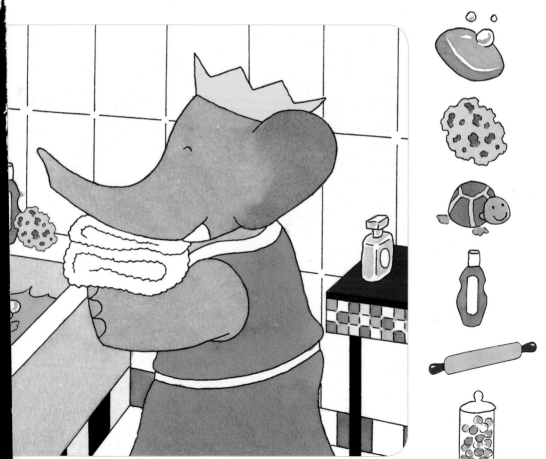

L'intrus est le rouleau à pâtisserie.

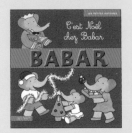

Retrouve Babar et sa famille

dans toutes leurs aventures !